2009 시향

시
향

미주한국시문학회 편

시의 힘을 믿는다

시향이 다섯 번째 시집을 꾸렸다.

고달픈 삶의 현장에서 돌아와 모국어를 뜨겁게 껴안고 다듬는 아픈 밤들이 빚어낸 산물이다. 문학은 어떤 땅에서도 꽃 필 수 있으니 척박하면 할수록 자생력도 활발해 더 찬란한 꽃을 피우기도 한다. 우리가 글밭을 열심히 경작하는 이유다.

한국문단에서는 우리에게 이민문학이라는 선을 그어놓고 차별화된 글쓰기를 주문한다.

남의 나라에 와 살면서 문학을 하는 사람들에게 이민문

학이라는 틀을 씌워 분류하는 것에 대해 심히 불편한 마음 숨길 수 없었다. 어디에 뿌리를 내리고 살든 삶의 모양새는 비슷비슷한 것이고 삶이 우리에게 안기는 고통 또한 어디라고 경중이 달라지는 것이 아니기 때문이다. 그걸 굳이 이민문학이라 분류해 부르고 싶어 하는 사람들에게 우리는 문학을 하는 것이지 이민문학을 하는 것이 아니라고 항변하고 싶었다.

물론 낯선 땅에서 정착하기까지 겪는 가지가지의 고통들은 고국에서 경험하지 못하는 이민자들만의 남다른 경험들일 터이다. 그것이 문학의 소재와 내용이 된다고 이민문학이라는 틀로 한정지어야 하는 것일까.

이민의 삶을 증언하는 시나 소설들은 분명 필요하다. 그렇다고 이민을 소재로 한 문학을 따로 이민문학이라 부른다면 이민이 소재가 아닌 이곳의 일반 작품들은 어떻게 부를 것인가. 이민을 왔으니 이민문학만 해야 하는 것인가. 그 밖의 작품들은 어디에도 설 곳이 없다는 말인가. 참으로 애매모호하다. 그러니 좋은 시를 치열하게 쓰는 길밖에 없다. 시가 좋을 때 어떤 토도 달 필요 없고 어떤 시비도 있을 수 없기 때문이다.

한 편의 좋은 시가 상처받은 마음을 어떻게 위로할 수 있는지, 병든 마음을 어떻게 치유시킬 수 있는지 알고 있으니 우리가 할 일은 시를 열심히 쓰고 시를 전파하는 일 일 터이다.

특히 올 한 해는 세계 어느 나라도 살아내는 것이 힘들 것이라 한다. 이런 때 시가 뛰어다니며 힘내라, 일어나라, 절망하지 마라, 부추기고 위로할 수 있으면 좋겠다.

시를 사랑하는 민족은 망하지 않는다고 한다. 시의 힘을 믿는다.

미주한국시문학회 회장 권 귀 순

차 ● 례

차 ● 례

차 ● 례

강인숙

- 전북 출생
- 미국 조지아 사바나공대 졸업
- 워싱턴 문예창작원 수료
- 2005년 겨울호 〈문학과 의식〉 신인문학상
- 미주한국시문학회 회원
- lakeroyal@yahoo.com

가을 연서

귀뚜라미 찌르찌르 울면
포토맥 강가 주홍 단풍잎 하나 따다
잠자리 날개 같은 연서를 쓰겠습니다

아름다운 이 계절
속절없이 가을 타는 중년에게
홍시 같은 연서를 꼭 띄우겠습니다

새치는 몇 올이나 늘었는지
호숫가 산책은 자주 나가는지
벌써 틀니 따위로 심사 사납지는 않은지
또 어느 쓸쓸한 날
전어 회 안주로 잔 기울이던 벗들 여전한지

시시한 안부도 이 가을엔
연서가 되어 배달될 것이므로
차마 못한 그 말
그립다
단풍잎에 포개어 고이 띄우겠습니다

무제

살다가 가끔은
같이 밥 먹고 싶은 사람이 있다

흰 눈 같은 이로
봄날처럼 웃어주는 사람
숭늉같이 보드라운 눈빛을 가진 사람
타버린 조개탄 하나쯤 묻어둔 사람
사는 것이 흡족해도 소박한 사람
지구 저편에서도 문득 떠올라
울컥 목이 메어 오는 사람

나와 같이 밥 먹고 싶은 사람도
혹 어디 있을까

가을 저녁 엽서

어제 저녁 식사는
가을의 풍성함으로 가득했습니다
단풍빛깔이 고운 두 분과
함께 한 시간이
농부의 수확만큼 좋았습니다

그리고 저희 집 들러서 한 후식도
참 좋았습니다

두 분 떠나신 후
아들 대학 휴일로 집에 들어섰고
그는 피아노 앞에 앉아서
한 시간쯤 건반을 두드렸습니다

창 밖에는 오동잎들이
사선으로 떨어지고 있었습니다

이 가을 저녁을 오래 기억하겠습니다
아름다운 인생은 아름다운 추억을

단풍잎처럼 쌓아가는 것 아닌가요
-- 고맙습니다

소망

한 줄의 글이
구름 위에 산란 시작하며
두 장으로 늘었다가

먹구름에 갇힌 언어
어쩌지 못하는 숙명처럼
다시 한 장으로 줄었다가

허공에 뜬 소망
또 반장으로 줄어
산산이 흩어진 낱말들

명작 꿈꾸는 광대
키 높은 솟대 세우고
내림굿을 합니다

꽃 이야기

겨울 숲에서 봉선화를 추억한다
한여름 햇살 아래
화단 가득 피던 꽃
톡 터지던 씨앗 주머니

모르고 살았던 젊음
끝없던 무채색의 고뇌들
바람 따라 흘러가버린 시간
못내 그리운 봉선화의 붉은 꽃대여

구름처럼 계절이 가고
고요히 떨어진 꽃잎 속에
작은 몸 하나 홀로 묻혔다가
봄마다 두 떡잎으로 솟는 봉선화

강 혜 옥

- 경기도 광주 출생
- 2008년 〈서시〉신인상으로 등단
- 미주한국시문학회 회원
- 윤동주문학 워싱턴지부 회원
- 2008년 〈서시〉 신인상으로 등단
- Judydo82@yahoo.com

이제 단 하나 남은

이런 류의 주조식 철교는 온 세상에서
여기 주황빛 페인트로 덧칠된
이것 하나 남았다고
놋쇠 안내문이 붙어있다

일상처럼 건너는
그 다리 위에서는
낡은 풍향기가 높이 걸린
붉은벽돌 건물이 보인다
그 벽돌 사이로 난 유리창 하나를
소유하고 싶은 나는
해 지는 무렵까지
햇빛에 빛나는 그 다리를
노상 보고싶어서이다
너도 이제 단 하나 남은 다리이다
내 탯줄이 묻힌 산천을 잇는

숲의 계승 I

이 숲은 30년 전에는 그저 잡초나 자라던 들판이었다
어느 날 새 한마리가 너도밤나무 씨앗을 떨어뜨리고 갔다
그 한 그루의 너도밤나무는 숲의 계승을 시작했다
이제는 새벽안개가 깊이 휘감아 돌아 나오는 너도밤나무
숲이 되었다

난로 이야기

겨울 저녁
순하게 불길 들이는
무쇠난로가 있으면
더 무엇을 바라지 않으리
타닥이는 불씨처럼
말없이 전해지는 온기
새벽까지 전해지는
참나무 태우는 냄새가
설친 잠을 감싸오는
어미 같은 네가 있으면
바깥 바람이 후벼드는
시렁간 머리에서도
행복하게 잠들리

마음 전하기

친구 아들이 유학 와 함께 지낸다 어른들이 어려운 아이
는 좀처럼 곁을 주지 않는다 헤드폰 끼고 힙합 들으며 딴
세상에서 사는 것같다

아이는 기말고사를 마치던 날 졸음운전으로 차 사고를
냈다 차 없다고 보채지도 않고 컴퓨터로 시간 보내며 어딜
데려다 달라 하지도 않는다 너의 차가 수리될 때까지 내
차를 같이 쓰자 오전엔 내가 오후엔 네가 그래도 아이는
사양한다

너, 우리 마음 모르지 맘 편하게 차를 써야 우리맘이 좋
지 억지로 차 열쇠를 쥐어주자 그제사 아이는 말없이 받는
다 오전에 하루치 일들을 몰아 보고, 차 열쇠를 복도에 걸
어두면, 아이는 오후에 차를 갖고 섬머수업을 들으러 간다

며칠 후, 오랜만에 만난 지인에게서 요즘 개솔린 값이 무
척 올랐다는 얘기들을 들었다 나만 왜 몰랐을까… 아, 최
근 주유소에 들른 적이 없다. 아침마다 차에는 개솔린이 늘
가득 채워져 있었기에

매일 네가 개솔린을 채워 줬드라. 저녁에 들어오며 귀찮
았을 텐데 이젠 주유소에 들르지 말고 곧장 오거라 아이에
게 말했다

아이는 웃는다 마음이 오가는 웃음이다

숲의 계승 II

추운 나뭇가지에
곧 내어줄 것 같은
재산 명세서들이 매달려 있다

어미의 마른 손처럼 때리고 지나가는
겨울 빗줄기에
등줄기 움츠리며 얼른 내어준
내 삶의 허영들

이제 곧
빗물채로 얼어붙을 나는
수정 나무숲이 되고
다 내어준 맨가지 위로
햇살이 비췄으면 좋겠다

권 귀 순

- 서울 출생
- 동국대 국문과 졸업
- 〈펜과 문학〉 2회 추천완료로 등단
- 2006년 가산문학상 시 부문 수상
- 시집 《오래된 편지》(푸른사상)
- kwiskwon@yahoo.com

고요의 속

강물이 바다와 만나는 곳에 갔었다
강물은 언제 우나
오래 지켜 앉아도 울지를 않네

흔적도 없이 제 몸을 주어버리면서
너무 고요하기만 하네

저 고요의 발에는 물갈퀴가 있다고 해야 하나
물위에 유유히 떠있는 물오리처럼
고요만 떠오르게 하고는
강물 깊은 곳에서는 울고 있다고 해야 하나

수수한 어머니가
어둠속에서 몰래 울던 것처럼
모든 평온에는
안 보이는 물갈퀴가 있다고 해야 하나

강물 속을 들여다봐도, 귀 기울여 봐도
고요의 속은 알 수 없네

갈대밭 쓸고 가는 바람 소리뿐
강물인지 바다인지 경계가 없네
아무 일도 일어나지 않은 듯
고요의 속은 들리지 않네

매듭

주문한 책을 따라 온
당초문 암막새 서표 하나
전통 기와 문양이며 곡선 흐름에 넋을 잃다가
서표 한귀에 걸린 쪽빛 매듭 고리에 끌렸다
엇걸어 마디 짓고 고를 내며 이다지도
정교한 꽃 매듭 지은이 누구일까

매듭은 '짓는다'고 한다
집을 짓고, 옷과 밥을 짓고, 시를 짓는 일
혼을 쏟지 않으면 제대로 이루지 못하는 일
짓는 일을 잘 해야 이룬 삶이라 말할 터인데
이 꽃 매듭같이 잔잔한 떨림이라도 전해 줄
내 삶의 매듭 몇 군데나 지어놓았을까

나무는 꽃과 열매로 제 매듭짓지만
선뜻 내놓을 매듭 내게는 없다
사랑하고 이별하고 아이를 낳고
그 폭풍 같은 시절의 매듭밖에
내게 남은 떨림이란 떨림 다 모아

마지막 매듭 한 번 잘 짓는 일밖에

당초문 암막새 한 귀를 물고
훨훨 날아가는 저 매듭 같은

몸의 기억

왜 사람들은
외로울 때
둥글게 몸을 웅크리나
슬플 때
둥글게 몸을 접고 우나

두 무릎사이 얼굴을 묻고
울고 있는 당신
자궁 속
웅크린 아기 같다

마음이 너무
멀리와 잃어버린 것들을
몸은 오래도록 잊지 않는다
무섭도록 충직한
몸의 기억

그믐 여자

중환자실 문이 열릴 때마다 소스라칠 듯 동그랗게
열리는 그 여자의 창
　간절하게 애원하듯 순식간에 열렸다 스르르 닫친다
　누군가를 온몸으로 기다리는 그 여자
　사는 일은 기다림이라고 말하던 때 엊그제 같다
　구멍 난 흙벽을 바르고 군불을 지피고 담 밑에 봉
숭아를 심던 엊그제
　방탄유리 속에서 밥을 벌고 아이들 가르치고 방탄유
리 벗어날 꿈을 꾸던 엊그제
　한 기다림이 다른 기다림에게 서늘한 마디를 넘기던
그 시린 엊그제
　폭설을 견디는 나무가 제 가지를 툭, 툭, 부러뜨리며
울던 밤에도 그 여자는 창을 열어놓았다
　나무울음 사이로 눈 건너오는 발소리 들릴까하고
　이제 창을 닫아줄 때라는 걸 안다
　기다림이 업이던 그 여자 기다릴 시간이 없다는 걸
안다
　달이 이울듯이 그 여자는 이울어
　기다림을 들여놓은 마음이 쿵, 하고 무너진다

그 여자는, 그 여자는 그믈었다
이너하버 하스피탈 중환자실에서 그 여자의 기다림도
마침내 그믈었다
한 잎의 눈송이처럼 나풀나풀, 나−풀−나−풀

활, 문을 켜는

겨울이 오기 전
집안의 문이란 문 모두 떼어내 말끔히 씻어 말리고
새로 바르는 창호지 사이사이 가을볕도 저며 넣는
아버지의 손놀림은 부드럽고 날렵하다

문 마르는 팽팽한 소리는 결마다 바삭바삭 비벼 넣고
봉숭아꽃잎 터지는 소리, 풀밭 건너는 발자국소리는
두 결마다 다박다박 쟁여 넣고
풀벌레 울음이나 피리소리는 서너 결 섧게 심어놓고
슬픔도 불러와서는 엷게, 아주 엷게 반결쯤
창호지 안에 두루두루 여며 넣는

그 소리들을 대체 누가 연주하나
누가 활을 들어 팽팽해진 문을 달래고 어르며 온갖
소리들을 데리고 다니나
활을 든 손은 도대체 누구의 손이기에
활이 스치는 결마다 그리운 소리로 되살아나나

바람일까, 구름일까, 문에다 귀를 대고 궁리하다

스르르 잠이 들면
　아버지는 한 손에 나를 안고 한 손엔 활을 들고
　싸륵싸륵, 싸락눈 내리는 소리를
　귓가에 데려다놓는 것이었다

김경암

- 아명 해봉
- 제주 출생
- 화가
- 대원불교대학 졸업
- 고려대 교육대학원 수료
- 2007년 〈모던포엠〉 신인상(시) 등단
- 워싱턴 보림사 주지
- 미주불교신문 발행인
- kyongam@hotmail.com

가을 바람

코스모스 꽃보다
들국화보다
더 맑은 하늘
바람은 울고 가며 단풍 물들인다

어느새
낙엽 진 강물은
새파란 하늘 그림자 품고
그새
파도처럼 밀려온
금융위기
–세상 덧 없음이라–

그래도 여전히
워싱턴 포토맥 강물은
소리 없이
태고의 꿈으로 출렁이고 있다

봄 마음

토마스 제퍼슨 동상 등 뒤에서
푸득푸득 깨어난 목련화
카나리아가 꽃가지에 앉아
빨간 꼬리 흔들며
관광 나그네를 맞고 있다
저편 포토맥 강 언덕엔
개나리 벚꽃 배꽃 울긋불긋 봄잔치
부자도 가난한 이도
악인도 선인도 함께 즐거운 봄잔치
언뜻 새 봄 연주에 분주한 계곡 물소리
그대 가슴에 젖고 싶은 꽃바람
아, 봄처럼 살고 싶네
파란 봄 마음이고 싶네

백종 천도재

2,500년 전 부처의 자비도량
설산에 출가한 목련존자
40여년 세월 가르는 아픔 잊고
수행 정진 통해 마음 흔들리지 않고
깨어 있는 사람에게
두려움은 없다는 것을 알게 된
밝은 지혜와 신통을 얻고
어머니 계신 지옥을 찾았다

부처는 효심이 지극한 제자
목련존자를 위해 음력 7월 15일 백종날에
지옥문을 열게 하니
부처의 자비로 어머니를 구원한 기쁨이여
고금을 통한 모자의 정
사바세계에 사무쳐 인류 최초의 효심이라
오, 설산의 눈물이어라.

우리도
그 옛날 목련존자의 효심을 본받아
부모님께 효심을 다해야 하리

삶이란

처절한 몸부림의
삶이라 해도
죽음 앞에 서면
한낮 꿈인데

그대 스스로
生과 死를 초월하여
바라보는 세계
자신을 속이지 않을 때
진정한 행복은 다가오는 것

삶이란
그 자체가 의미를 남기는
것이므로

입학 기도

쌀 한 되 초 한 자루 가슴에 품고
고갯마루 넘는 모성
긴
한나절
세찬 바람도 조바심치며 산을 넘는다.

맑은 물이 개울가 바위틈에서 졸고
산비둘기 날아와
구구구구구
목마른 기원을 아는 듯

마음은 부처님께 바치고
눈과 귀는 법당에 들여놓고
부처의 지혜로 잘 보고 들어라
사랑하는 나의 아들 딸들
염불로 타들어 가는
시공 時空
공연히 부모들이 대리시험 보는구나

김 동 식

- 서울 출생
- 볼티모어 한국순교자천주교 성가대 지휘자
- davis@dskimappraisal.com

저무는 해

한 해가 지는 12월 아침

낮은 구름 사이로
빨간 아침이 배었다
떠오르는 태양은 아름답다
시리도록 아름답다

수 억년
약속으로 떠오르던 태양
한껏 뽐내 보아도
하루 전 스러지던 모습은
여전히 마음 애처로울 뿐인데

날마다 먹이 찾아
왔던 길 되돌아가는
물오리떼 풍경처럼
오늘도
상큼한 겨울 하늘에
수채화 같은 그림을 온종일 그린다
새로운 희망으로

눈

빛을 몰아내고
천지를 뒤덮은
눈구름
어느새
부서지며 눈이 내린다

눈 하나, 눈 둘, 눈 셋
온통 하얀 들판
고향 뒷동산 솔 나무에도
여전히 잔설이 쌓여 있을까

낯선 이국 풍경이 문득
내 고향인 듯
먼 산
까치소리
귓가에 머문다

아침 이슬

밤새 울던
문풍지에
하얀 빛 밀려오고
섬돌 내려선
발 밑
젖어드는 짚신 두 짝

아!
짚 풀 끝에
매달려 하늘 품은 이슬
떨어지며 부서지는
투명한 하늘 조각

김 인 식

- 충남 서산 출생
- 2006 〈순수문학〉 신인상으로 등단
- 문예창작회 회원
- Assisted Living 운영
- kis825@yahoo.com

비오는 오후

견과를 샀다.
캐슈, 아몬드, 호두, 개암나무 열매 등을 섞은
3% 소듐 치고 몹시 짜다

홧홧 타는 마음 속 분노거나
사욕과 억울함
어두운 적막 안의 외로움 그리고
먹이를 물고 가던 개미도 웃을 만한 질투 한 조각까지
털어, 털어내듯
견과에 묻은 가루소금을 세 손가락으로 비벼 턴다

내 안을 방부防付하려면
물댄 논처럼 부디 수더분하게 되려면
굵은 소금 두어 말로 가능키는 할런지.

까만 똥을 따라가면
배추벌레를 잡을 수 있다

천상
배추색인 벌레가
없는 듯 살면서
먹지도 않은 것처럼 배춧잎에 동그르 동근 무늬를 내었다

대낮처럼 산다고?

알고 보니
나,
날마다 똥 누는 한 마리 배추벌레.

봉숭아

꽃도 따고
잎도 더러 따 넣고

덩달아 시큼한 괭이 밥이랑
백반 소금 식초를 양념처럼 넣고 자분자분 찧어
고달픈 기억들이 촘촘히 박힌
할머니 손톱에 얹어 놓고
아주까리 이파리로
동여매었다

인생 같은 하룻밤이 옥신옥신
하루 같은 인생이
노을빛 되어 손톱위에 또옥, 묻어나고

골무 빼어내듯 아주까리 잎을 떼어낼 때
여든 살이 뭉텅 달아났나?
아흔여섯 할머니는
호~오홋
열여섯 어여쁜 순이가 되었다.

풍경

구룡포 개원 항으로
열다섯에 시집 온 용이 할머니
둔덕
갯바람 가르며 밭일 하고
파도 등에 업고 미역도 따내다
아흔에
그만 들어앉고 말았다

푸른 소리로 파도가 부르는가
간간한 바람이 문풍지 흔들면
구멍 낸 틈으로
할머니는
갸웃 갸웃 궁금증을 달랬는데
종종이던 용이 어멈이 싹 막아버리고
한참 뒤에 뚫리면 또 발라버리고…

요새
들리는 소문으론
용이 어멈이 대신 갸웃거리고

고걸 막느라
용이 처 무릎팍에 굳은 살 배긴다지.

김 행 자

- 충북 영동 출생
- 숙명여대 약학과 졸업
- 1968년 중앙일보(한국) 신춘문예에 동시,
  1993년 한국일보 미주본사 문예현상공모에
  시가 당선되어 문단에 등단
- 워싱톤문인회 회장과 미주한국시문학회
  회장 역임
- 윤동주문학사상선양회 워싱톤지부
  초대회장 역임
- 2003년 제6회 해외문학상 시 부문 대상 수상
- 2006년 제1회 윤동주상 해외동포문학상 수상
- 시집 《눈감으면 그대》(푸른숲),
  《몸속의 달》(동학사)
- 한국문인협회, 해외문협 회원
- haengjakim@gmail.com

섬광

다 사그라져가던 사람도
그 때가 오면
이승을 뜨기 전 한순간
반짝, 정신이 맑아진다고 한다

내 생전처음
수천의 보랏빛 초롱 내다 건
오동꽃 홀연히 뒤란에서 만나던 날
그 서늘한 빛깔에 감전되어
그만 숨 멎었었지
그것이 힘겹게 피워낸
마지막 그녀의 혼불인 줄도 모르고
마냥 황홀했던 어리석음으로
오동나무 그늘에 들 때마다 가슴 무너진다
지구 반대편 저 쪽에서
눈 짓무르게 기다리셨을 전화벨 소리
아흔 셋의 그녀 이제 더 하지 않는다
마지막 정신의 줄 놓아버린
바알간 그녀의 젖은 눈 맞추고 있으면

어느 순간 기억의 창고 열릴지도 몰라
막연한 간절함으로 들끓는 은하수방

온 몸에 물기 다 말려 보내고
자꾸만 땅을 향해 낮아지는 그녀
굽은 등 더 구부려 종일 아기를 얼르시다
새참 만들어 들밭에 내가야한다고
가끔씩 소스라치게 놀라기도 하신다
둘레에 그윽한 동백향 풀어놓고
텃밭에서 돌아와 머리 숙여 젖 물리셨을
젊은 어머니
어룽진다, 샛강 물안개 속에서

강가에서

말없이 다가와
나를 살게 하는 건
그래도 세상은 살 만하다고
반짝이며 등 떠미는 저 강물 때문이다

반생을 함께한
내 가슴속의 단단한 옹이가
천만근 무거워질 때 찾아가
나를 내려놓고
엄마———
하고 부르면
흰 머리수건 풀어 흔들며
목화밭 고랑을 달려오는
어머니가
거기 있기 때문이다

어떤 전쟁

– 방가지똥풀

방가지똥풀 앞에서는
함부로 뿌리 뽑는다는 말, 하지 말 것
방가지똥은 지나가다 발로 툭 차면 저만치
나가떨어지는 그런 똥 아니라네
어린잎이 쓴나물같이 생겼다고
대궁속이 텅 비었다고
섣불리 힘 겨루면 한 밤중 몸속에 들어와
나를 뽑는지 가슴께 통증으로 잠을 설친다네

비 갠 후 작은 화단에 잡풀 몇 개 돋아나
초록 몇 개 섞여 흔들렸을 뿐인데
이제 보니 화단이 온통 방가지똥풀밭이네
어찌 보면 씀바귀 같고 민들레 같던 어린것들이
기 쓰고 살겠다고 세상 밖으로 고개 내밀어
애잔해 못 본 척 눈감아 줬더니 오글오글 쳐들어와
진 칠 줄이야
너희들은 맨 몸으로 노란 촛불 켜 시위하고
주인은 이참에 너희들 뿌리 뽑겠다고
곡괭이 날에 푸른 불꽃 튀기며 숨이 가쁘다

간밤에 후두둑 후두둑 비 들치더니
땡볕아래 피땀 흘린 날들이 얼마인데 내 노동 비웃는 듯,
방가지똥풀들 다시 부활해
고개를 쏘옥 쏙 내밀어 배시시 웃는 것이었다
때마침 지나던 바람 안됐던지 가던 길 되돌아와
슬쩍 일러준다

이제 그만 무릎 꿇으라고, 풀뿌리 이기는 사람 없다고

풍경 · 2

다 쓰러져가는
초가지붕 위
늙은 호박 한덩이 물 범벅되어
끙끙대고 있다

지붕은 날아가면 안 된다고
야근하고 세상모르게 잠든 어린 것들
젖어선 안 된다고
얼굴을 후려치는 폭우 속에서
펄럭이는 비닐자락 온 몸으로 누르며
파르르 떨고 있다

오, 저기 저
말라비틀어진 호박 밑 둥지

땅속에서도 새끼들 손 못 놓는

사이

보고 싶었다

너와 나 사이
여름과 가을 사이
그러나
늘 보이지 않게
사이는 너와 나를 해체시키고
여름과 가을의 숨을 조여 왔다
두 눈 부릅뜨고 지키고 있어도 사이는
도둑처럼 순식간에 진군해있었다
무성한 푸른 잎들이
하늘에서 내리는 치사량의 독침을 맞고
뭉클뭉클 노랗고 붉은 피를
낭자하게 토해내고 있었다
오늘 아침도 그랬다

노 세 웅

- 경북 문경 출생
- 2002년 〈자유문학〉 수필 신인상
- 2007년 〈서시〉 해외동포 신인상 시 부문 수상
- 미주한국시문학회 회원
- 한국문인협회 회원
- 워싱턴문예창작회원
- 워싱턴 씨니어 뉴스 편집위원장
- 윤동주문학사상선양회 워싱턴지회 부회장
- swro@cox.net

이단 옆차기

캘리포니아에서 버지니아로 입양된
대추나무
8년 만에 열매 열렸네

아무데서나 잘 자란다는
소문만 믿고
뒤뜰에 심었는데

서러움 당하는
거인들 세상의 난쟁이
멀리 돌아가는 해와 바람
삼복더위에 갈증만 나고

태권 소년처럼
팔 다리만 쭉– 뻗어
나무 그늘 벗어나려
몸부림치고 있어

큰길가 앞마당에서

벼락 맞은 벚꽃나무 자리로
옮겨온 후
탐스런 열매 열렸네

지나가던 미국 총각 혼자 말하고 간다
저 대추나무 2단 옆차기 하고 있어!!
와ー, 태권도 블랙 벨트 소년처럼

불황

10년 전
크리스마스 선물로 받은
랩탑 컴퓨터

밀레니엄 위기도 잘 넘기고
아직 쓸 만한데
무겁고 느리다고
새것으로 바꾸라 한다

주름도 생기고
상처도 나고
한쪽 귀가 떨어져 나갔다

나는 꿈이 있었다. 그때
따뜻한 바닷가 야자수 아래
고래가 춤추는
수평선을 바라보며 인터넷을 하는

이젠 구식이라

지독한 경제 불황에도
고물장수도 가져가지 않을 그것
그래도 나는 사랑하고 있다
자신을 닮은 듯해서

오늘 밤에 달이 뜨겠지

그 사람은 이런 대공황 중에
큰 집을 샀다고 행복해 했다

벙어리 3년, 귀머거리 3년
휴일 없는 30년

집값이 반 토막 났다고
증권이 깡통 되었다고
빅 쓰리가 휘청거린다고

원자탄이 터져도 꺼지지 않을 것 같던
미국이 휘청거리고 있다
한중일, 유럽도 몸살을 앓고 있다

그래도
오늘 밤에도 달이 뜨겠지
내일 아침엔 동쪽에서 해도 뜨겠지
나는 무슨 말인지 모른다
밤하늘에 반짝이는 별 세상의 일이다

그건 별 세계의 일이다

수백억 빚을 지고도
자가용 비행기 타고 다니는 사람들, 꼴불견이다

새들의 합창

마이크로 웨이브 오븐에서
새소리 난다고 아내가 호들갑이다

가까이서 들어 보니
우는 듯 노래하는 새소리
밖에서 나는 소리일거야

다음날도 또
새들이 숨 넘어갈 듯 울어댄다

오븐을 떼어내니
새 한 쌍 푸드득, 창틀에 앉아 두리번거린다
지옥인가 천국인가
벽마다 부딪치다가
훨훨 하늘로 솟아오른다
출구도 퇴로도 없더라도
노래하듯 울부짖다 보면
문이 열리리라

인디언 원주민

내추럴 브릿지*에
비가 내린다
세계에서 모여든 관광객들
짝 지어 과거 속으로 걸어가고 있다

인디언들은 측량기가 없어
자기 땅이 얼마나 넓은지 측량할 줄 모르고
등기부에 올릴 줄도 몰랐다

활을 쏘며 사냥 하다가
건국의 조상들이 쏜 총소리에
혼비백산하여 굴속으로 숨었다

오랜 세월 뒤
움막에서 모닥불 피워놓고
옛날이야기를 들려준다

방문객들 비틀거리는 걸음으로
하얀 머리카락 검은 우산에 감추고

과거 속으로 들어간다
페어팩스 경과 조지 워싱턴
토마스 제퍼슨과 킹 조지 3세가
인디언 원주민들의 산천을 팔고 사는 1774년

밤이면 신비한 다리 밑에서
첫째 날부터 엿새 날까지 천지를 창조하고
일곱째 날에 휴식을 취한 드라마가 펼쳐진다

미국 전직 대통령들 유령이 모여
얘기하고 있는
내추럴 브릿지*에는
시계가 거꾸로 돌아가고 있다.

나도 옛날로 돌아가고 싶다.

* 내추럴 브릿지(Natural Bridge) : 자연적으로 만들어진 교량·타운 이름, 미국
  버지니아 주에 있는 나이아가라 폭포와 함께 세계 2대 불가사의중 하나

74

박 앤

- 서울 출생
- 성균관대 국어국문학과 졸업
- 메릴랜드대학 컴퓨터공학 전공
- 1997년 〈워싱턴 문학〉 신인상 시 당선
- 2002년 〈문예운동〉으로 등단
- acpark9909@yahoo.com

늙은 호박

호박밭에 나갔더니
아름드리 호박 중에 웃고 있는
낯익은 호박 하나

– 이제 오냐? 늦었구나

칼날도 박히지 않는 단단한 세월을
깊게 패인 주름 속에 품어 안고
넝쿨 속에 편안히 주저앉아
나를 기다리는 어머니
말없이 지게를 들이밀자
어머니가 그 위에 올라앉았다

석양을 지고 돌아오는 밭둑길
등 뒤에서 조용히 코를 고는
늙은 호박

풍선

고국에서 세 남매가 기다린다는
동네식당 종업원 에스카리나
한 쪽에서 왁자하게 생일파티를 하는
한 떼의 아이들을 물끄러미 바라보다가
돌아서서 눈물을 닦고 있다

한참 신나게 놀던 아이들이
알록달록한 풍선을 일제히 공중에 띄워 올렸다
와, 아이들이 외쳤다
둥둥 뜬 풍선들이 창문을 빠져나가자
구석 테이블에 앉은 나도
넋을 잃고 쳐다보고 있었는데

그때 보았다
에스카리나의 간절한 몸에서
슬몃 한 여인이 빠져 나오는 것을!
굼뜨던 에스카리나와는 달리
민첩하고 생동감 있어 보이는 그 여인
재빨리 풍선 몇 개 붙잡아 손목에 걸더니

아이들처럼 두 팔을 활짝 위로 치켜들었다

멕시코 어디쯤, 혹은 과테말라, 아니 엘살바도르
풍선에 실려 공중그네 하듯
그녀는 훨훨 날아갔다

봄이면 나는

조개 입을 오물거리던 아기가
무른 잇몸에서 젖니를 밀어내는 동안

마른 가지에 높이 올라앉아 한참을 울던 다람쥐가
긴 울음 끌며 다른 가지로 건너뛰는 동안

봄은 와서 해는 길어지고
녹기 시작한 나무껍질이 밀리듯 떨어지네

겨울 그림자를 버리려 호수에 갔으나
깊이를 알 수 없는 수심이 겁이 나 돌아섰다가
내 그림자에 밟혀서 오도 가도 못하고 있을 때

발아래 고인 슬픔의 못 속에
봄볕이 나를 주저앉힐 때
그 막막함 때문에 당황하네

봄이면 나는
늘 그러하네

빗소리

지붕을 두드리는 빗소리
어머니의 다듬이질 소리
도두락 도두락 똑 딱 똑 딱
그 리듬에 실려 잠이 든다

외독자 집안에 시집와서
내리 딸 셋을 낳은 어머니
그 설움 차분히 다듬는 소리를
나는 꿈속에서 아득히 듣곤 했는데

물살을 거슬러 노를 젓듯
늦도록 뒤척이는 나를 위해
저승에서 어머니가
다듬이질 하신다
방망이도 다듬잇돌도 없이
그림자 같은 자욱한 손으로
음률 만드신다

지붕에 빗방울 듣는다

매화 꽃잎처럼

보고싶어
밤새 잠 못 들다가
흩날리는 눈을 맞으며
당신 떠난 빈집에 가보았습니다

차마 들어서지 못하고
대문 안을 기웃거리는데
마당 한 귀퉁이에
풀죽은 매화 한 그루
피다 만 꽃송이를
눈 위에 떨구고 있었습니다

발길을 돌리는데
당신 얼굴
글썽이는 매화꽃잎처럼
눈 위에 뚝뚝 떨어집니다
나도 뚝뚝 떨어집니다

박 양 자

- 제주 출생
- 경희 음대 작곡과 졸업
- 〈워싱톤문학〉 시 당선
- 〈문학과의식〉 신인문학상
- 한국현대시인협 회원, 워싱톤문인 회원
- allegro535@hanmail.net

손

펼치고 오므릴 때면
호젓한 들길 같은 손금들이
서로 맞붙거나 구부러져
골진 어둠이 서리기도 한다
손가락이 만드는 작은 고랑마다
움켜쥐면 불끈한 돌이 되어
얼마나 많은 시간들을 부수었나
손 주먹 깊은 동굴에 모여
마음이 퍼렇게 일구는 갈래들을
가닥가닥 여며야할 것인데
느슨하게 펼쳐보는 손바닥에는
드르륵 드르르르,
허리선 곱게 박음질 하던 새벽
그 낯설던 손 주먹 무게 만한 노동이
아직도 눈부시게
손 끝 지문조차 희미한
그녀의 내력을
순하게 슬어 놓고 있다

굴피나무 연가
- 참숯

이글대는 황토숯가마에
장승처럼 포개 서서
제 몸 태우는 굴피나무

타다닥 타닥
사방 봉한 불구덩이 이레만에
회푸른 연기 토해내며 가만히
이승을 건넜을 것이다

나무의 주검에서 갓 추려낸
단단한 뼈들
아직도 햇살 어루만지던
숲이 그리운 걸까
꽃잎 무늬처럼 벌어진 틈새로
뒤채는 숲 바람

손 시린 누군가에게
불씨 건네려고 서둘러
숯덩이가 된 저 간절한 굴피나무

종유석

수 억 년 어둠에 길든 눈빛이
자꾸만 흔들리고 있다
오래 기다려야만
조금씩 다가가는 은밀한 수고가
얼마나 더 길어야 머리 맞댈 수 있을지
얼마나 더 깊어야 손깍지 낄 수 있을지
허공에 긴 손가락 내밀고
마음으로 셈하는
숨소리 같은 초침소리
하루, 열흘, 천 날, 만 날,
눈물 없이는 가까이 갈 수 없어
오로지 손끝으로
끊임없이 울어야하는데
말간 손풍금소리 울음
똑……또로록,
석순 정수리에
눈물 떨어지는 소리
언 동굴 속 깊숙이 둥지 틀고 있다

아버지의 자장가

허드레 속에서 발견한 손때 묻은 인형 하나

해외 상가 진열장에 비매품으로 놓였던 그것
  눕히면 감고 일으키면 동그랗게 뜨는 초롱초롱한 눈
이 어린 딸을 꼭 닮아 웃돈 얹어주고 사왔다던 인형
  옷자락에 자잘한 꽃이며 별이며 조각달이며 온통 밤
하늘 가득인 채
  해묵은 먼지에 쌓여 있다

칠순 훌쩍 넘긴 남자가 볕살 내리는 흔들의자에 앉
아 인형의 헝클어진 긴 머리를 빗겨주고 옷매무새도 고
쳐주다가
  어느 해였던가, 어린 딸에게서 받은 비뚤비뚤 설익은
글씨의 생일카드
  '요담에 크면 아빠 낚시 비 드리겠어요'
  적막사이로 카드처럼 예쁜 약속 뭉클 배어들어 낯빛
환해지더니
  문득 지어미가 된 딸의 근황이 궁금해지는 것이다

웡-이 자랑 웡-이 자랑*
낮게 부르는 아버지의 자장가
봉숭아꽃 조롱조롱 매달린 한여름 8월 오후

* 제주 전래 자장가

약수

절 마당 모퉁이 바위 틈에서
대나무 대롱 타고
떨어지는 물 알갱이들
어둠 속에서도
저희끼리 부딪치며 반짝이고 있다

먼 길 산자락 돌아
바위와 흙을 적시는 동안
짓고 허물고
도려내어 길을 내면서
배어들거나 스며들어 젖은 것들이
제 스스로
낮고 후미진 깊은 곳에 몸 풀어
말갛게 고였다 솟아났을 터인데

표주박 한 가득 마시면
내 안의 때꼽재기도
그렇게 씻어내 줄까
목줄 타고 내리는 푸른 냉기

냉큼,
날선 등뼈 깊이 스며든다

박 정 애

- 충남 논산 출생
- capak@comcast.net

고서古書

너덜너덜해진
빛바랜 집
낯선 대문 두드리니
조는 듯 깨는 듯 반긴다

깊은 산마을
정 많은 이들
숨 가쁜 디지털 세상에
자리 내주고
문득 멈춘 것 같은 세월인데
등잔불 밝힐 때면
열두 대문 젖힌 마음 안에
사륵사륵 쌓이는 깊은 혜안

시간 넘나들다 되돌아온
피붙이 같은
나의 옛사람

오래된 타월
– 어머니

한때 포송포송한 젊음
제 몸 녹여
흥건한 땀과 눈물 닦아주었느니
저물녘
살 비늘 떨어지는
닳아진 몸

살아 있는 모든 것
사위어가건만
삶이 끝날 무렵
누군가의 희미한 생명 이어줄
어머니의 오장육부 아낌없이 주나니
죽음도 안아 보듬으면
빛나는 탄생인 것을

Jermaine
– 맹인 피아니스트

너의 생명 움트기 전
그 분은 계획하셨지
버림받은 어린나무
고통의 눈물이더니
철들어
기쁨의 잎들 무성히 자라는구나
비로소
너는 영광의 열매 맺고 있구나

Jermaine,
이젠 울지 마라, 울지 마라
영혼을 울리고 꽃 피우는
너의 음악 안에
너의 이름 안에
끝없는 그분의 사랑
영원히 힘이 되리니

그분 안에서

우물물 퍼 쓰듯이
하루를 다 써버리고
밤 이슥히
자라지 못한 시간들
잠자리에 들면
덩그마니 남은
구겨진 가슴

속 깊이 닿지 못한 그 가벼움
상처 입힌 그 말들까지
되새김질 하면
눈매 글썽이며 흐르는 시간 사이로
누군가 와서 말없이 껴안는
그 따뜻한 위안
비로소 혼자 있으되
함께인
젖은 눈시울의
아버지 품안이어라

아버지

탱자나무 담 사이
정갈한 고샅을 지나
서름치 않은 대문
빼꼼히 열어 보네

어매, 저 것 좀 봐

석류 알 터져 나오듯
마당 가득한 그리움
늙은 감나무 얼싸안네

박 지 연

- 2006년 4월 워싱턴문인회주최
  이순신문학상 시 부문 당선
- 2008년 〈서시〉 신인상으로 등단
- 현재 George Mason University 근무
- jypmar@hanmail.net

가을 다람쥐

추석 가까워질 무렵이면
한바탕 벌어지는 싸움판

반짝이는 암갈색 밤톨에 반한 무리들
양 볼이 터질 듯 밤알을 물고서도
밤나무를 털고 있다
고 앙증맞은 몸짓들

온통 폐허된 잔디밭에서
떨어진 밤송이를 치우다
눈 흘기며 쫓아내도 못 본 척
밤 따기에 골몰하는 다람쥐들

밤송이 다 떨린
빈 가지엔
보름달만 환하게 웃고 있다

성탄절 우체국

우체국 문 밖까지
늘어선 행렬
색색의 포장지가 눈길을 끈다

꿈이 가득 담긴 꾸러미들
가슴에 우표를 붙이고는
산과 바다를 건너기도 전에
마음이 먼저 날아가고 있다

주는 마음
받는 마음
그리운 마음

오리 떼

퇴근길
물오리들 뒤뚱뒤뚱
큰길 건너 호수로 떼 지어 간다
거침없이 무단 횡단하는 무리들
달리는 차들의 흐름 끊어놓고
태평하게
느긋하게
걸어가고 있다
그 무법자들
불평하거나 체포하는 사람 아무도 없다
저녁 햇살에
청회색 오리목만 일렁인다

시인들

언어로
슬픔의 파도를 타고
그물을 쳐 고기 잡듯
가슴속에 울림을 낚아낸다

빙판 위에서 춤추듯
빛나는 밤별들에게 말을 걸듯
저음의 악기를 연주하듯

시인은
잠자던 가슴속에 모닥불 피워내고
그 향기는 온 몸으로 퍼져
날아오른다

투병

왜 기억났을까
어려서 단 한번 봤을 뿐인데

추어탕을 끓인다고 잡혀온 그것들
왕소금 뿌려 놓아두면
한참 꿈틀거리다 기진했었다

그렇게
나를 쓰러트린 독약 같은 약물치료
노란 은행잎 닮아가는 피부
휴지처럼 구겨진 얼굴
낙엽처럼 후드득 떨어지는 머리카락
신음소리 입술로 꽉 깨물면
기진했던 미꾸라지가 자꾸만 살아 나온다
가을비가 주룩주룩 내리고 있다
그 시골 성당 녹슨 십자가도
비를 맞고 있을까

안 미 영

- 경기도 인천 출생
- 홍익대 응용미술과 졸업
- myrussin@gmail.com

버려진 의자

숲길 지나다 버려진 낡은 의자를 보았다
비 맞으며 엎드린 채
좁은 통속에서 바둥댄다
긁히고 패인 상처가 깊어
선뜻 손을 내밀기 힘들다
숨죽인 의자를 끌어냈다

한 줌의 흙을 덮고 썩어져 버릴지도 모를 의자
문지르고 닦고 주무른다
등줄기로 땀은 흐르고
생명 잃은 의자에 혼을 불어넣으니
그가 깨어났다
버려졌던 기억조차 없는지 웃고 있다
서둘러 짙은 갈색 옷 입히고
분 발라 세워놓고 보니 멀끔하고 훤하다
온몸으로 나를 받아주는 의자
그의 큰마음을 본다
누군가를 감싸 안은 적 있었던가
나는

토토

그를 신고 가는 길이 어둡고 어둡다
불현듯 깨어나 핥고 비비고 장난칠 것만 같다
혹시 자는가싶어 품속에 껴안아보지만
뿌옇게 흐려진 눈, 뼈마디마디 만져도
그는 싸늘하기만 하다
아, 살아있다는 것은 따뜻함이었지
너무 갑작스럽게 가버린 토토
가쁜 숨을 몰아쉬며 애원하듯 바라보던
그 눈빛 잊을 수 없다
떠나는 것들은 남은 자들의 아픔을 딛고 간다
가족이란 서로를 꽉 채우는 존재라는 것을
그가 떠난 빈자리를 보며 확인한다
사랑을 나누며 한 가족으로 살다 갔으니
강이 보이는 언덕에 무덤을 마련해 주고
돌아서는 발길이 떨어지지 않는다
꽃도 나무도 오늘은 말이 없다

낭만 그만 해라

코끝 시린 밤
강가에 앉았다
까맣게 익은 강물
밤하늘이 내려앉는다

초승달. 별, 구름 함께
온몸 흔들며 춤춘다
언 밤도 덩달아 춤춘다

젖은 눈 속으로
녹아져 스며드는 내 허물
실에 꿰어 저울에 올리듯
초승달 모서리에 걸어놓고
별빛으로 눈금 살펴
구름 한켠에 적어 놓으면
어머니
그 구름 베어 읽어 보시려나

속 깊이 저며 드는 내 어머니

초승달 뒤꼍에 홀로 계시다
뒤늦게 철드는 늙은 딸에게
- 애야, 감기 걸릴라
낭만 그만 해라

나이아가라

이 거대한 물줄기 앞에서

붉은 해도 멎는다

먼 길 달려온 가슴도 멎는다

하늘 향해 치솟는 물보라 속에

하얗게 멍드는 저 암벽

쏟아져 내리는 시퍼런 함성

시리고 저리도록 머리에 얹으니

온몸에 서릿발 치는

물의 날개여

누구의 이름 하나 저렇게

목이 터져라 불러본 적 없다

오, 나는 점 하나

뉴 올린즈

눈물의 강 미시시피, 상처의 거리 샤트
굳은살을 넋두리로 곰 삭이며
마른 장작처럼 길게 줄지어 섰던 곳
슬픈 목화석이 되었다

아직도 한켠에 붙여진 팻말
"노예를 경매하던 곳"
속 깊은 눈물이 마르지도 않은 채
풍속의 술 허리케인을 마신다

특유의 재즈
꿈꾸듯 신나게 새 생명 일으키고
저음으로 울리는 콘트라 베이스가
색소폰 흐느낌 속으로 잦아든다
오랜 세월 침묵을 지켜온
묵은 먼지 뽀얗게 일어나
죽어도 여한 없는 자유 속에
그들만의 별빛을 껴안는다

더 이상 흘릴 눈물 없기에 밟고 굴리며
지난 세월의 아픈 매듭 풀고
밤마다 노래하며 용서한다

이 경 희

- 서울 출생
- 1992년 〈한국시〉 등단
- '물빛' 동인
- Kgy8017@netzero.com

사과꽃이 남긴 말

사과나무위로 뱀이 기어갑니다
먹이를 물어 나르던 어미 새가 불에 덴 듯
주위를 돌며 울부짖습니다
사과나무꽃이 지면서
차갑고 등 붉은 뱀을 경계하라 당부했지만
나무의 상처 속에 그 지독한 상처 속에
제 목숨이듯 어린 새끼 몇 키우고 있을 줄
누가 알았겠습니까
잠시
단풍의 손끝 같은 뱀의 눈이 흔들렸을 뿐
막막…막막한 고요
나무 곁의 풀꽃이 툭 눈물을 떨구었을 뿐
하늘엔 흰 구름 여전합니다

생각

꽃이 졌다
고요한 죽음이다
조등도 없고 곡소리 끝에 따라오는 긴 울음도 없다
다만 뿌리에게 한마디 미안하다 했을 뿐이다

대구시 수성구 방전시장
배추 잎만 한 그늘아래
어머니 사신다
어제는 돌아눕지 못해 하루 종일 벽만 바라보셨다
팔다 남은 산나물 둥글고 어린 호박들
슬픈 듯 자꾸 시들어간다
삶과 죽음을 넘나들 때마다 더 환하게 웃으시는 걸 보면
여러 겹의 삶을 살아 죽음의 문도 여럿인가 보다

천천히 뿌리의 손이 꽃의 눈을 감긴다
아, 그러나 내손은 지금 너무 멀리 와있다

손

나는 한사람의 손을 기억합니다
차가 신호대기에 걸려 있을 때
천천히 나무의 이마를 적시며 흘러내리는 노을
그 붉은 나무껍질 같은
어렸을 때는 동상으로 쓰리고 아팠으며
지금은 지친 삶으로 고단합니다
한때는 이혼서류에 사인을 할까 말까 망설였으나
삶이 한순간이므로 용서로 가득한 손이기도 합니다
빈 그릇마다 가득 김 오른 음식을 퍼 담으며
슬픔도 다 제몫이 있다며 등을 두드리던 손
나무의 나이테 같은 지문이 다 닳도록
아름다운 일은 아무도 모르게 모르게
구부러진 손가락 관절이 영 일어설 기미가 보이지 않는
햇빛 좋은 오후 잠시 평상에 앉아 졸고 있는
그 손

박하사탕

멀리 눈이 내렸다
별 말도 없이
슬몃 손에 쥐어주고 가셨다
깨물면 부서질세라
아픈 손끝으로 만지작거렸다
고단한 삶의 만병통치약
그리운 어머니

이 영 자

- 인천출생
- 숙명여대 가정학과 졸업
- 장로회 신학대학 수료
- 2006년 스토리문학 신인상으로 등단
- 신앙시집 《영혼의 생명선》
- Youngjajl@yahoo.co.kr

풀잎이 이슬을 아는 것같이

나는 낮아지어도
주님의 귀한 이름 높이며
살기 원하네

보이지 않고
만져지지 않는
하나님을 믿는다 해도

살아계신 주님과의
만남이 있는
나의 속사람은

풀잎이
이슬이 내리는 것을
아는 것같이
성령으로
내려주시는 은혜가
영원한 생명인 것을 아네

네잎 클로버

나뭇가지 사이로 햇살내리고
신선한 바람을 타고
새들은 속삭여요.

이슬에 젖은 풀냄새
품어 안고 있으니
마음에 간직한 꿈 이야기가
듣고 싶어지는군요.

그렇게 머뭇거리지만 말고
숲 향기 스미는 여기서
우리 마음을 열면
좋은 일이 있을 것 같네요.

내 이름은 작고
연약한 들풀이지만
행운의 기쁨 안겨드리는
네잎 클로버예요.

여기저기
어디에서도
열려있는 내 마음이에요

사람이 죽으면 온 곳으로

자연을 대하였을 때
우리 마음이 좋은 것은

사람이 흙으로 만들어졌기
때문인가 보다

앉아 있을 때보다
누웠을 때가 더 편안한 것은

사람이 흙과 가까워졌기
때문인가 보다

사람의 호흡이 끊어지면
몸은 흙으로 돌아가고
영은 하나님께로부터 와서
다시 하늘나라 본향으로 되돌아가니

사람이 죽으면 온 곳이 있기에
돌아갔다고 하는가 보다

때가 되면 언제고 떠나야 하는
사람은 누구나 시한부 인생

그래서 장차 돌아갈 하늘나라가
나의 소망이 되는가 보다

이 정 자

- 경남 합천 출생
- 숙명여대 졸업
- 〈워싱턴문학〉 신인상
- 〈문학시대〉 신인상으로 등단
- 2005년 중앙일보 미주본사 문예공모
  시 부문 가작
- edignalee@yahoo.co.kr

수의

그 해 윤유월
장맛비 질척이던 오후
곱게 다듬질된 명주 필 펼쳐놓고
코마개 발싸개까지
헐렁한 옷 한 벌 지으시다
처마 끝 낙숫물에 눈빛이 젖어
지문 닳은 손끝이 가늘게 떨렸는데

일흔일곱 눈발 치던 해거름
장롱 깊숙이 간직했던 옷
서둘러 꺼내 입고 고운 잠도 드셨다
엷은 미소 이는듯하여
멈칫, 내 목쉰 울음 멎는데
베틀에 앉아 명주를 짜던 엄마
빙빙 물레를 돌리며 손사래 치신다
– 막잠 자는 누에 잠깰라

억새풀 같은 어머니
손수 짜고 손수 지은 명주수의 차려 입고

제집지어 저를 가둔 고치 속 번데기처럼
참 깊이도 드셨다

늙은 재봉틀

오늘 오후 그가 갔다

시커멓고 뭉툭한 것이
손때 묻어 반들거리며
드르륵 드르륵 시퍼런 달라를 찍어
두 아이는 아비 되었고 창문마다 멋진 커튼을 달아준
볼품없는 골동품
간혹 목이 말라 꺽꺽 소리를 내질러도
바빠서 잊고, 무심히 지나치고
날로 부려 먹기만 하였지
어쩌다 기름 몇 방울 쳐주면
언제 그랬냐는 듯 신이 나서
실크던 진이던 가죽이던
척척 박아내며 흥얼흥얼
콧노래 불렀지
부지런하고 튼튼한 너를
쓰다듬고 토닥이긴 하였다만
삭아가는 속 한번 봐주지 않은
미련한 주인이었다

더는 버틸 힘없어 숨을 놓았을
네 심장에서 단내가 나는구나
스물세 해
숨 가쁘게 달려온 너를
먼저 보낸다

공사중

– 통행에 불편을 드려 죄송합니다

부수고 파내고 때우고
그러기를 수차례
말끔히 포장 끝내고
가로수도 가지런히 심었어요
그런데요
번번이 합격엔 미달이래요

나를 딛고 지나갈 때
좀 불편하셔도
쾅쾅 밟거나 짓이기지는
말아주세요

어디를 어떻게 더 수리해야
버스도 트럭도 휙휙 다닐 수 있을지
사실은 막막해요
너무 오래 꽂아둔 팻말
무릎께쯤엔 슬슬
녹슬어 가는데

산골 이야기

봄볕 든 저
빈가지에 돋아난 새순들
어릴 적 씹던 껌딱지처럼 쏘물게 붙어있네

그땐 그랬지
참꽃 따먹으며 머리에도 꽂고
칡뿌리 캐 단 즙 빨며
가파른 비탈을 산토끼처럼 뛰어 다녔지
송진이랑 청망개 열매 한 입에 씹어
퉤 퉤 떫떠름한 침을 뱉어 내면
질긴 수제비 반죽처럼 입안에 남던 것
질겅질겅 껌이라 씹으며
몇 날을 행복했었지

저녁 밥상에 앉으면
슬쩍 상다리에 붙었다가
잠들기 전 머리맡으로 옮겨져
반쯤 감긴 눈으로 더듬던
아침이 썩 기분 좋았지
 애들아…

코흘리개 동무들 불러 모아
가난해서 정겹던 그때처럼
겁 없이 한번 내달아 봤으면

별

십 년 객지로 떠돌다 찾아 간
고향 뒷산
두 분의 보금자리 봉긋 하더군요
철들고 처음 본
나란히 누우신 모습 낯설었습니다

나 죽거던
니 아버지 옆에는 묻지 마라
입버릇처럼 하시더니
은하수 별빛
수증기처럼 내리던 그 밤
옆집 아지매랑 평상에 누워
한숨 섞어 뱉으셨잖아요
별 하나 더 따면 소원이라고,
잠든 척 엎드려
저리 높은 하늘에 닿을
간짓대가 어데있노? 내일 아침
붙들이 아재한테 졸라봐야지
한참을 궁리 했어요

이슥한 밤
솔바람 잦아들면
슬며시 깃들어 보세요
설마 예전처럼 아주
돌아눕기야 하시려구요

이 천 우

- 충북 연방죽 출생
- 〈순수문학〉에 수필, 〈시마을〉에 시로 등단
- 윤동주문학사상선양회 재무
- 한국문인협회 회원
- Ycu761@cox.net

봄과 여름 사이

흙이 숨쉬기 시작하고
여인의 부드러운 미소가 솜털을 핥으면
침침한 구석에도 볕이 든다

노인은 푸르게 물든 마음으로 호미를 든다
버리지 못하고 가져다 준 고추, 오이 모종
역시 버리지 못하는 여린 마음이다
부푼 기대로 파고 고르고 거름과 마음을 잘 버무렸다
정직한 대지는 생명을 만들어
흙덩이를 뚫고 바람 부는 세상으로 밀어 올렸다
노인은 바람의 모퉁이에서
바람을 맞으며 물을 날랐다 긴 호흡을 토하며
비료를 뿌리며 무심히 지나가는 구름도 본다
노인은 맨발이 되어 사다리를 만들고 말뚝을 꽂고
세월을 얽어 맨다
순박한 새순들 태양을 연모하며 유혹하다
바람의 아들을 만들었다
대견하게 고추는 어린애 고추 만하게
오이는 어른 고추 만하게 만들어 냈다

비가 후닥닥 소리치는 날
노인은 미소와 고추하나 오이하나 들고
문안으로 들어섰다

비 오는 날의 부루스

도둑고양이 걸음으로 안개비가 옵니다
바래가는 먼먼 이야기처럼 비가 옵니다
외로움도 아닌 사랑도 아닌
마음 구석에도 그 비가 옵니다
아직도 젖어있는 풀잎 길에
이끼 낀 옛날을 적시듯 속옷이 젖어 듭니다

가슴을 가르고 힘든 사연 꺼낼 때
엷게 번지는 눈물 보았습니다
침침한 선술집 구석에서도
애련한 사랑이 피고
흐르지 못하고 고여 있는 아픔들이
드럼통 화덕에서 눈물 되어 타고 있었습니다

멀리 멀리 너무 먼 곳에도
도둑고양이처럼 비가 나립니다
울먹이는 반주가
그 시 한 구절이 비에 젖고 있습니다
갈 곳 없다고 길게 길게 두 번 세 번

읊던 그 진달래가 그리운 목소리 되어
가만가만 마음이 젖습니다

벤치의 계절

트윈 레익 10번 홀
상수리나무 밑에 나무 벤치가 있다

반환점 선수들 지친 몸과 마음 잠깐 쉬면서
빵 한입 물 한 모금으로 투덜대며 간다
까마귀 한 쌍 지친 죽지 접고 쉬었다 간다
산비둘기도 우르르 몰려와 졸다 간다
산새들도 몰려와 심술궂게 똥 발라놓고 간다
봄이면 참새들 짝 짓고 미련 없이 신행을 떠나고
여름 되면 소낙비 버리고 간 밀어들 쓸어내고 간다
가을이면 단풍잎하나 멀고 먼 황천길 쉬었다 간다
겨울 되면 눈이 내려와 깊은 잠자고 간다
바삐 지나가는 구름 사이로
잠 못 이루는 달빛도 왔다 간다
모두가 빈손으로 들렀다 가는 벤치
언제나 비어 있는 그 벤치는 썰렁한 바람 차지
텅 비어가는 벌판에 목 길게 뺀
어스름 저녁도 쉬어 가겠단다

140

깊이 젖은 내 마음 걸쳐 놓을 그 벤치는
어느 곳에서 졸고 있겠지

치유 안 되는 병

가슴에 암처럼 숨어 있던 불씨
솔솔 빗살을 탄다
눈물은 여린 마음 두드리고
빛바랜 사진 한 장 없이
계절풍에 실려 이리저리 떠다니다가
꿈에도 어설픈 비 젖은 낙엽이 된다
절실한 아쉬움 남아 있었던가
오늘따라 그 병이 도졌다

일에 쫓겨서인지 살기에 몰려서인지
사슴처럼 삶에 놀라 달리기만 했나보다
창 밖에 뿌려지는 소슬비에 가슴 젖는다
하나씩 잃어가는 외로운 시간
남 몰래 오래오래 지워지지 않고
위로가 되어주는 상처 딱지
아내 몰래 수없이 멀어진 그 사람을 끄집어낸다
옷깃 스치듯 지하도에서 스친 인연인데
눈치 보며 궁금해 할까
한세월 함께 걸어온 아내가 곁에 있어도

가끔은 그리움 같은 것이 싸하게 스친다

비가 내리고 싸늘한 마음을 낙엽이 몰고 갈 때면
도지는 단골 병 미움 바치는 병이라
슬쩍 슬쩍 훔쳐보며 비위 거스릴까
찌개 데우고 저녁상을 차린다
훈훈한 아내 그늘 맴돌며
그때마다 꿈이 숨는다.

미친 척 웃어주자

겨울이 늦장 부리는 어스름한 골목길에서
찬바람 속 나를 향해 뻗어온 야윈 손
염치없는 거지들 한대 때려주고도 싶지만
텅텅 빈 호주머니 털어
몇 번이고 술을 사면서 타협해 보지만
흔한 미소 한 번 응답 한 번 주지 않으니
야속하지만 내가 먼저 손 내 민다
따끈한 소주 한잔으로 빈속 달래지만
허기진 빈 집은 언제나 찬바람이 분다
비바람 피하라고 처마밑을 빌려주기도 했지만
남루한 그 몰골은 언제나 나를 울린다

삶은 야박하기만 하고
인생은 참으로 두려운 존재다
조금이라도 한눈 팔 때면
깊고 어두운 구렁텅으로 몰아넣는다 그러나
끈질긴 너를 위하여
때로는 광대가 되어 뛰어보고
거지떼처럼 몰려오는 빚쟁이에게
취한 척 미친 척 눈물 나도록 웃어주자

정 영 희

- 경남 마산 출생
- 연세대 졸업
- 2003년 〈조선문학〉 신인작품 당선
- 한국문인협회 회원
- yungwhi@yahoo.com

약속 하나

쾌유를 기도하며
창가로 찾아든 화려한 꽃들
나를 위해
허리 잘리고 가시 뽑혀
송두리째 저를 내어주고도
아픔 못내 감추고
내 눈 속에 들어와 활짝 웃어준다

지는 꽃잎 하나
내 마음에 불씨로 다시 피어나면
어디선가 꺼져가는
눈망울들 위해
꽃처럼 그렇게 찾아 나서리라
내 아픔 고스란히 감추고
몰래몰래

촛불

꼿꼿한 심지로
어둠을 환히 밝혀주는 촛불

적막을 이끌고
평화를 누리는
외로운 영혼의 화신이여

지상에서 사라진
옛 시인들의 애절한 노랫말 되어
어두운 내 영혼 불태우고
고요와 평화를 내리는 촛불
내 삶의 기도이어라

비 오는 날

비 오는 날 호수가에선
먼저 떠난 친구 얼굴이
소곤대는 음성으로
다가온다

지상을 떠다니는 혼령의
하늘로 가는 축제날인 듯

비 오는 날
빨간 우산 받쳐 들고
홀로 호수가를 거닐면
그 친구 얼굴
자유로운 상념 되어
우산 타고 흐른다

골프를 배우면서

공으로 상대를
반격할 필요도 없고
몸싸움으로 만신창이가 되지 않아서 좋다
애써 헛발질로 넘어지지 않을 것 같고
오직 자신과 하얀 공의 싸움으로
창공을 나는 하얀 나비되어
힘이 부치면 아무데고 내려앉아
다음 손길을 기다리면 그만인 것

그래도 욕심하나 지워지지 않아
오늘도 하얀 공 하나쯤은 수장하여
바람에 업혀 갈 불운을 달래며
허리 잘록한 티와 공과 내 눈
하나 되어 그린에 꽂고
온 몸 비틀어 힘껏 밀어 올리면
아픈 기다림도 맑은 하늘가에 흩어지고
단 한 마리의 버디가 못내 아쉽다

풍선 하나

부엌 높은 섬 한쪽에
색깔스런 풍선이
내려앉을 듯 떠있다

해피 머더스데이
스칠 적마다 그들의 마음은
온화한 핑크빛으로
나를 감싸준다

날마다 슬금슬금
내 온 몸의 살점들
흐물흐물 바람 빠진 풍선되어
사위어 간다한들 서럽지 않으리

해피 머더스데이
그 사랑
향기로운 입김 되어 가슴에 불면
나는 환히 웃으며
팽팽한 풍선으로 다시 태어난다
이 저녁에도

최 연 홍

- 충북 영동 출생
- 연세대, 인디애나대학 졸업
- 연세대재학중 현대문학으로 등단
- 1996년 서울시립대 객원교수
- 1999년부터 정교수로 가르치다 은퇴
- 시집으로 《정읍사》 《한국행》 《최연홍의 연가》 《아름다운 숨소리》
- 영문시집 《Autumn Vocabularies, Moon of New York》 엣세이집 《섬이 사라지고 있다》 《떠남으로써 남아 있는 사람》 외 다수
- janechoi@cox.net

별에게

어둠이 일찍 오는 겨울저녁
어느 찰나에
빛나는 별들 가운데
더 반짝이는 별을
당신의 별이라 명명하고 나서

겨울밤은 내 꿈의 터전이 되었다
어느 봄밤도 그런 꿈을 꾸게 하지 않았다
당신이 사무치게 그리운 밤에는
그 언덕으로 올라가
그 별을 찾는다

당신의 별은 새벽이 오면 지상으로 내려와
내 마음 속에 들어와 숨는다
은하수의 다른 별들도 지상으로 내려와
시인의 거처로 숨어버린다

여기 햇빛이 눈부신 대낮엔
지구 반대편 저쪽

밤하늘에서
빛나고 있을 별 아가씨

그렇게 백만 년이 흘렀다
나는 은하수를 건너갈 견고한
선박 하나를 건조하고 있다.
한겨울 밤의 꿈으로, 그리움으로
만든 선박은 그 별에 닿아
그 별을 더 빛나게 할 것이다
수소와 헬리움보다 더 빛나는 원소는
우리들의 사랑일 것이기 때문에

백록담

하얀 사슴이 물을 마시는
백록담
신선이 함께 살던 전설은
언제나 운무에 감추어져
있었는데
한라산 내 마지막 등반에서
기적처럼 그 모습을 드러내 놓았다
분화구를 꽉 채우던 안개, 안개비가
오후 2시 빗장을 열어 놓았을 때
부끄러움을 타는
선녀,
나는 거기 서 있었다.
노루 마실 만큼의 물을 남겨 둔 백록담
그렇구나, 안개 속의 선녀와 하얀 사슴과 신선이 함께 살던
비밀이
지금까지 숨겨져 왔고
천상으로 올라갈 것을 안다.
나는 백록담을
사슴처럼

맑은 눈으로
내려다본다
그래, 한라산 정상
옆으로
언제나
구름 한 자락이 깔려 있어야
사슴은 물을 마시고
신선은 구름을 밟고
백록담을 내려 올 수 있으리라.
백록담은 보랏빛 하얀가시 제주 엉겅퀴로
환해졌다 안개 속에 잠시

해인사

　해인사라는 절이 가야산 속에 있고 팔만대장경이 그 절 속에 있다는 사실을 중학교 역사시간에 배웠고 시험답안지에도 썼는데 지금껏 해인사의 뜻을 몰랐다 나는 60년대 눈 쌓인 겨울 해인사의 뜻을 알려고 홀로 찾았었는데 왜 '바다의 도장'이라는 이름을 터득하지 못했었나 60이 지난 나이에야 폭풍이 지난 바다가 삼라만상을 각인한다는 화엄경의 해인삼매海印三昧를 읽게 되었으니 마치 바다의 풍랑이 쉬면 삼라만상이 모두 비치는 것처럼 부처님 지혜의 바다에는 일체 만법이 밝게 나타남을 뜻한다 한다 그래, 바다는 5대륙을 다 넣어도 아무런 흔적이나 동요가 없음을 어찌 불타佛陀는 알았을까 그 시대, 고대에

　폭풍우 지난 평화로운 바다를 심산유곡에서 찾은 신라의 두 스님들 다시 찾은 해인사 팔만대장경을 찾아오른다 고려시대 외적의 침입을 막고자 만든 팔만대장경 햇살이 쏟아지고 푸르게 흔들리던 높고 결 고운 산벗나무, 물푸레나무, 층층나무, 자작나무들 1만 5천 그루 베어 바닷물에 담궜다가 소금물에 찌고 그늘에 말려 16년간 만든 판수 81,258장에 이르는 팔만대장경

　팔만대장경이 보관된 장경각 문을 손으로 쓰다듬어 본다

156

장경각, 법보전 뒤로 푸른 소나무들에서 불어오는 바람수
로, 채광, 바람, 습기를 잡기 위한 자연법으로 해결하기 위
한 설계 팔만대장경을 신선하게 하고 있다   나는 지금도
잣, 도라지, 영지버섯, 겨우살이를 파는 해인사 여관촌을
걷고 있다 멍석에 나물이며 산초며 개암을 말려먹기도 하
고, 내다 팔기도 하며 생계를 위해 햇볕도 가볍게 여기지
않는 산골 아낙네들 그 중 한 아주머니는 팔만대장경 공사
에 함께 했다며 흙바닥에는 숯, 횟가루, 소금 등을 모래와
함께 층으로 깊이 파 다져 습기를 흡수 하도록 자연 조절을
잘 햅습니더 밖에는 비가 와도 그 안의 공기는 까실까실 합
니데이 밖에 비오는 것과 팔만대장경이 있는 곳과는 상관
없어예 하는데, 공덕을 쌓는 것이 따로 있겠는가 스님을 졸
라 그 일을 했다는 아주머니 곁으로 산초 냄새가 지나간다
몸 비비고 흔들리며 사는 이들, 아득한 정토왕생을 기원하
며 해인사 불이문 앞에서 두 손 모아 합장 한다 하늘 높고,
가야산 소나무 푸르다

기적의 배

알몬드 장군 휘하의 미 10군단은 중공군의 인해전술에 밀려 12월 10일 흥남부두를 철수했습니다. 피난민들이 부두에 몰려들었습니다. 10만톤급 유조선의 선장 레날드 라루Leonard Larue 는 바다를 향해 살려달라고 울부짖는 난민들을 외면할 수 없었습니다. 12월 20일 출항, 24일 밤 거제도에 닻을 내렸습니다.

겨울바다를 항해하는 추위 속에 14,000명이 서로 어깨를 맞대고 체온을 유지했고
기적적으로 5명의 갓난아이가 배위에서 태어났고, 한사람도 다치지 않고 뭍으로 내렸을 때 크리스마스이브가 섬에 도달했고 크리스마스 캐롤이 울려퍼졌습니다

30명 선원이외 아무도 태울 수 없었던 선장이 겨울바다 위에서 들었던
"저 난민들을 너의 배에 태워라"는 말씀이 선장을 수도원으로 가게 했습니다

기적은 선장과 선원, 14000명의 난민, 5명의 갓난아이

에게만 온 것이 아닙니다

　기적은 끊임 없이 겨울바다 파도처럼 내게로 밀려오고
있습니다.
　아니 겨울밤 하늘 위에 별들처럼 반짝이고 있습니다

　그 기적의 배가 해체되었어도
　그 선장이 천국으로 떠난 후에도

2008년 시편

뉴욕시 맨하탄의 최남단 담장의 거리를 나갔다가 감기에
걸렸는데
　의사는 바이러스 감염이라고 판정을 내렸다
　2008년 나는 그 바이러스에 감염되어 고생을 하고 있는데
　담장의 거리는 호황을 누리더니
　어느 개인날 아침
　세계경제가 무너지고 있다고 경악하더군
　10년 동안 거품 속의 호황을 누렸다 하더군
　나는 비누거품만 알고 있었는데.

　그 전의 탐욕은 거품 속에서 한탕 해먹고 빠지더니
　그 다음엔 세상 무서운 줄 모르고
　10년 세월 그렇게 해먹다가 파산선고를 하고
　나 몰라라 하더군
　서브 프라임 바이러스, 후레디 맥 바이러스, 훼니 매이
바이러스, 그린스펜 바이러스, 매도후 바이러스, 에이아이
지 바이러스가 신종 바이러스로 횡횡하더니
　지엠, 포드, 크라이스러도 망했다 하더군

바이러스는 탐욕, 협잡, 부정, 부패를 먹고 자라서
거품이라는 보호막을 치고 나서
그 속에서 땀 흘려 일하는 착한 사람들 심장을 야금야금
갉아먹고

착한 환자들은 세계도처에서 죽어가고 있는데
아직도 그린스펜 바이러스를 죽이고
매도후 바이러스를 죽이고
부쉬라는 박테리아를 박멸할 살균제는 나오지 않고 있다
의사들은 더 탐욕이란 병원균을 조사해야 한다는
발표만 하고 있다

겨울 밭이랑에 씨 뿌리던 농부들이 그리워
땀 흘려 일하던 노동자들이 그리워

허 권

- 강원도 통천 출생
- 연세대 국문과 졸업
- 1994년 〈조선문학〉으로 등단
- 워싱턴문인회장 역임
- 워싱턴문예창작원장 역임
- 한국현대시인협회 미주동부 지부장
- 국제펜클럽 회원
- 시집 《도피성》(모인선교회)
- Hukwon38@hanmail.net

그대

그대만 생각하면
난 따뜻해집니다
양지바른 시골마당처럼
그대는 화려하지도
꾸밈도 없었습니다
이 소중한 사람을, 아니
태어날 때부터 사랑했나 봅니다
하늘 바라보며 소중했던 그 시간을
잠시, 정적 속에서 꺼내 봅니다
당신은, 이미
내 영혼을 앗아 갔지요
뜨거운 햇살을 피하고
차가운 비바람을 피하고
오늘의 아늑함을 위해
당신은 나의 아름드리나무가
되어 주었습니다
오순도순, 새들과 다람쥐, 토끼가 노니는
많은 꽃나무는
수십 년 주름살 접힌

내 가슴 속에서 눈물겹게
사랑이 타는 꽃밭으로 살아나
내 주름살을 펴는 꿈이 피어나

그대가 그리울 때는 우리들의 정원에
물을 주겠습니다

사랑은 원수의 발을 씻는다

예수님은 가롯유다의 발도 씻었다
십자가에 그를 팔려는 마음에도
예외는 아니었다
끝까지 자기의 사랑을 나타내신 것이다

예수님은
첫째, '때'를 아셨고
둘째, 아버지께서 모든 것을 자기 손에 맡기신 것을 아셨다
셋째로 자기가 하나님께로부터 오셨다가 하나님께로 돌아
가실 것을
아셨다
그리고,
제자의 발을 씻기심으로
사람들을 끝까지 사랑하는 사랑의 본을 보여주신 것이다
아가페는 율법의 완성이자
원수의 발을 씻을 수 있는 하나님의 비밀이다

빛의 얼굴

태초의 시작은 빛의 창조였다
낮과 밤의 분리를 통해 자신의 창조를 보존시키신 것이다
하나님을 알 수 있는 빛을 하나님이 비춰주신다
사람은 씨만 뿌리면 되고
물을 주면 된다
자라나게 하시는 사람은 하나님이시다
깨끗한 양심으로 진리를 전하기만 하면
복음을 깨닫게 하는 그 놀라운 빛을
비춰주신다는 것이다
눈물어린 얼굴 그리고 사랑의 빛은
그리스도의 얼굴이고 하나님의 형상이다
기억하는가 나사로가 죽었을 때 그는 우셨다
예수의 얼굴은 해 같이 빛나고, 변화산상에서…
그래도 삭개오처럼
아니, 의심 많은 도마처럼
지금도 예수의 얼굴이 그토록 보고 싶은가
나를 본 자는 아버지를 보았거늘…

정 두 현

- 경북 상주 출생
- 서울대의대 졸업 후 1966년 도미
- 죠지타운의대병원 방사선과 근무
- 현재 메릴랜드대 리버데일소재 방사선과 근무
- 2002년 커네티컷 뉴헤븐소재 예일대
  아트갤러리그룹전
- 2003년 워싱턴에서 개인전 등에 참가하며
  미술가로 활동
- 시향 2008 신인문학상 당선
- hyoschung@yahoo.com

두 개의 얼굴

흰 머리칼을 감추기 어려운 봄날
뒷뜰로 나가 화강석을 앞에 두고
끌과 망치로 얼굴 하나 파기 시작해
그 봄이 갈 무렵
수수한 얼굴 하나
조각하고 나왔다

20년쯤 후
노보시비르스크에서 만난 알타이 돌장승 하나
어디서 많이 본 얼굴
거기 있었다
둥그런 얼굴
경계하는 눈썰미
두툼한 입술
아아, 누가 내 뒷뜰에서 옮겨놓았나
(아니야 내가 꿈속에서 본 얼굴 파놓았는지 몰라)

바이칼 호수에 살던 석기시대 사람들
화강암 속에 자기 얼굴 하나 흔적으로 파놓고
반도로 들어와 정착했고
한 부족은 베링해협을 건너 아메리카로 왔다

무심코 뒤뜰에 새겨놓은 얼굴 하나가
내가 산 석기시대를
21세기 포토막 강가 마을에
남겨놓을 줄이야

피는 아무도 못 속여, 그렇지

지리산, 1958년

지리산은 동양화 속 바위 밑에 놓여있는 사람의 뼈

반세기가 지났어도
노고단에서 천왕봉으로 가는 등산로
한적한 바위 밑에
해부학교실에서처럼 놓여있었던 탈육한 뼈
아무런 손상도 없이
허리쯤에 혁대와 버클이 그대로 남아있었던 뼈

한국전쟁이 끝난 지 5년째 될 무렵
5년은 그렇게 인간을 풍화 작용할 수 있을까
반신반의하며
누가 그를 이 산속에서 죽였을까
남부군이었을까, 국방군이었을까
그도 어머니의 사랑스런 아들이며
한 처녀의 연인이었을 텐데
그를 바위 밑에 뉘이고 떠난 착한 청년의 친구였을 텐데
지리산 정상에서 하얀 뼈로 발견된 죽음
그의 뼈는 의과대학 해부학교실로 옮겨져

한국근세사의 해부학재료로 쓰여져야 하지 않았나

50년대 이름 모를 한 청년의 뼈
능선 위로 번지는 저녁노을, 달빛, 달맞이꽃, 겨울 폭설
봄 진달래꽃, 여름 태풍도
그의 육신의 풍화를 도왔던가
흙 속의 미생물들이 풍장을 도왔던가
이제는 바람처럼 사라진 이데올로기의 유해로
그의 하얀 뼈는 지리산이 되었다

Helena Yi

- 선화예술중학 재학중 도미
- 2000년 Towson University 음악교육학 전공
- 현 Howard County 음악교사
- 솔로몬 종합학원 운영
- 시향 2008 신인문학상 장려상
- Mbang77@hotmail.com

뜻밖의 선물

뿌리만 덩그렇게 남은
그런나무 있었지요
무성한 풀 베어낼 때는 이유도 있겠지만
그 나무 아픔이 전해져와
지나칠 때마다 가슴 짠했지요

그런데 어느날
내게 뜻밖의 선물을 주었어요
이름 모를 꽃들이 축복처럼
그 자리에 붉게 피어난 것이지요
아무런 기대 없이 오가던 길인데
가슴 벅찬
생기 넘치는 길이 된 거지요

많은 날들 흘러간 지금도
누군가 몰래 씨 뿌리고 간 듯이

갖가지 색깔의 꽃들 무수히 피어나
활짝 웃어주고 있네요.

내게 소중한 미소를 건네준
그들이 고맙습니다

최 현 규

- 용인대학 태권도학과 졸업
- 중국요령 중의(한의학)대학
- 할렐루야 태권도선교단 감독
- 국제침구사 면허
- 시향 2008 신인문학상 장려상
- 64instructor@hanmail.net

그림이 된 시

그대여
숲 속 깊은 오솔길을 따라
나무와 꽃, 들풀을 헤치고 오라

일출과 노을의 동화 속에 꿈을 찾으라

맑은 공기 작은 샘
생수가 흐르는 곳
나는 고요한 숲속의 빈터

쉼 찾는 그대여
오라
나
그대의 빈 의자가 되리

2009 시
　　향

초판인쇄 | 2009년 3월 13일
초판발행 | 2009년 3월 16일
지 은 이 | 미주한국시문학회

발 행 인 | 김윤태
발 행 처 | 도서출판 선
　　　　　서울시 종로구 낙원동 58-1 종로오피스텔 314호
　　　　　Tel : (02) 762-3335　　　Fax : (02) 762-3371
디자인편집 | 선연 _ Tel. (02) 733-0127

등록번호 | 제15호-201호
등록일자 | 1995년 3월 27일

ⓒ 미주한국시문학회, 2009
ISBN 978-89-6312-004-1 03810

값 8,000원